圖書在版編目（CIP）數據

插圖本唐詩三百首：影印本 /（清）蘅塘退士編．—
合肥：黄山書社，2010.8
ISBN 978-7-5461-1494-1

Ⅰ．①插… Ⅱ．①蘅… Ⅲ．①唐詩－選集 Ⅳ．
①I222.742

中國版本圖書館 CIP 數據核字 (2010) 第 160283 號

插圖本唐詩三百首
附《唐詩畫譜》

責任編輯 趙國華 湯吟菲
出版發行 黄山書社
社 址 合肥市政務文化新區翡翠路一一一八號出版傳媒廣場
印 刷 揚州文津閣古籍印務有限公司
經 銷 新華書店
開 本 七〇〇×一六〇〇毫米 六開
印 數 一〇〇〇
版 次 二〇一〇年八月第一版 二〇一二年五月第二次印刷
標準書號 ISBN 978-7-5461-1494-1
定 價 壹仟貳佰捌拾圓

唐詩三百首

插圖本

清・蘅塘退士 編

出版說明

有唐一代，是中國古代詩歌發展的鼎盛時代，這一時期，詩人輩出，體例齊備，唐詩成爲中國文學史上影響最爲深遠的文學體裁。

《唐詩三百首》作爲唐詩的選本，在中國可謂是流傳最爲廣泛的傳統經典讀物。共選入唐代詩人七十七位，計三百一十首詩。分爲八卷或作六卷。所選各詩均是膾炙人口的名篇。

《唐詩三百首》的選編者孫洙，清康熙五十年(一七一一)生于無錫，字臨西，一字苓西，號蘅塘，晚號退士，祖籍安徽休寧縣。他早年入京師國子監學習，乾隆九年(一七四四)中舉，乾隆十一年出任江蘇上元(今江寧)縣學教諭。在本書的序言裏，作者闡明了選詩的目的所在：『因專就唐詩中膾炙人口之作，擇其尤要者，每體得數十首，共三百餘首，録成一編，爲家塾課本，俾童而習之，白首亦莫能廢，較《千家詩》不遠勝耶？』可見，這個選本是作爲兒童啓蒙誦習用的。

《唐詩三百首》自其問世以來，因其較高的選詩水平和標準，迅速成爲唐詩最好的選本。以至于有『熟讀唐詩三百首，不會吟詩也會吟』之説，爲人們廣泛傳習，家喻户曉，二百餘年來一直風行于海内。

我社此次編輯出版《唐詩三百首》，採用傳統的宣紙綫裝形式，版式疏朗，字體闊大，使人賞心悦目。同時配以《唐詩畫譜》，使之圖文并茂。《唐詩畫譜》是明代黄鳳池彙集唐人絶句，請名家書寫、繪畫編成的，共分《五言畫譜》、《七言畫譜》、《六言畫譜》，總稱《唐詩畫譜》。這部畫譜是明萬曆年間徽派版畫的杰出代表，其畫手、刻工，都是當時名家，可謂詩、書、畫、刻四美俱佳，受到歷代詩人、書畫家和各界人士的普遍喜愛，長期以來，傳布極廣。《唐詩三百首》和《唐詩畫譜》合編出版，可謂珠聯璧合。

目録

卷一　五言古詩

張九齡

感遇二首……（一）

李白

下終南山過斛斯山人宿置酒……（二）

月下獨酌……（三）

春思……（四）

杜甫

望嶽……（四）

贈衛八處士……（五）

佳人……（五）

夢李白二首……（七）

王維

送綦毋潛落第還鄉……（八）

送別……（九）

青溪……（九）

渭川田家……（一〇）

西施咏……（一一）

孟浩然
秋登蘭山寄張五……（一一）
夏日南亭懷辛大……（一二）
宿業師山房待丁大不至……（一二）
王昌齡
同從弟南齋玩月憶山陰崔少府……（一三）
丘爲
尋西山隱者不遇……（一三）
綦毋潛
春泛若耶溪……（一四）

常建
宿王昌齡隱居……（一四）
岑參
與高適薛據登慈恩寺浮圖……（一五）
元結
賊退示官吏并序……（一六）
韋應物
郡齋雨中與諸文士燕集……（一七）
初發揚子寄元大校書……（一七）
寄全椒山中道士……（一八）

長安遇馮著……（一八）
夕次盱眙縣……（一八）
東郊……（一九）
送楊氏女……（二〇）
柳宗元
晨詣超師院讀禪經……（二〇）
溪居……（二一）

樂府

王昌齡
塞上曲……（二二）

李白
塞下曲……（二二）
關山月……（二三）
子夜吳歌……（二三）
長干行……（二四）
孟郊
列女操……（二五）
游子吟……（二五）

卷二 七言古詩

陳子昂

登幽州臺歌……（二六）
李 頎
古意……（二六）
送陳章甫……（二七）
琴歌……（二八）
聽董大彈胡笳聲兼寄語弄房給事……（二九）
聽安萬善吹觱篥歌……（三〇）
孟浩然
夜歸鹿門歌……（三一）
李 白

廬山謡寄盧侍御虚舟……（三二）
夢游天姥吟留別……（三四）
金陵酒肆留別……（三六）
宣州謝脁樓餞別校書叔雲……（三七）
岑 參
走馬川行奉送封大夫出師西徵……（三八）
輪臺歌奉送封大夫出師西徵……（三八）
白雪歌送武判官歸京……（四〇）
杜 甫
韋諷録事宅觀曹將軍畫馬圖……（四一）

丹青引贈曹霸將軍……（四三）
寄韓諫議……（四五）
古柏行……（四六）

卷三　七言古詩

杜　甫
觀公孫大娘弟子舞劍器行并序……（四八）
元　結
石魚湖上醉歌并序……（五〇）
韓　愈
山石……（五一）

唐詩三百首　目録

八月十五夜贈張功曹……（五二）
謁衡嶽廟遂宿嶽寺題門樓……（五四）
石鼓歌……（五六）
柳宗元
漁翁……（五九）
白居易
長恨歌……（六〇）
琵琶行并序……（六六）
李商隱
韓碑……（七一）

卷四　七言樂府

高適
燕歌行并序……（七五）
李頎
古從軍行……（七七）
王維
洛陽女兒行……（七七）
老將行……（七九）
桃源行……（八〇）
李白

蜀道難……（八二）
長相思二首……（八五）
行路難三首録一……（八六）
將進酒……（八七）
杜甫
兵車行……（八九）
麗人行……（九一）
哀江頭……（九二）
哀王孫……（九三）

卷五　五言律詩

唐玄宗

經魯祭孔子而嘆之 ……（九五）

張九齡

望月懷遠 ……（九五）

王　勃

杜少府之任蜀州 ……（九六）

駱賓王

在獄咏蟬并序 ……（九六）

杜審言

和晉陵陸丞早春游望 ……（九八）

沈佺期

雜詩 ……（九八）

宋之問

題大庾嶺北驛 ……（九八）

王　灣

次北固山下 ……（九九）

常　建

破山寺後禪院 ……（一〇〇）

岑　參

寄左省杜拾遺 ……（一〇〇）

李白
贈孟浩然……（一〇一）
渡荊門送別……（一〇一）
送友人……（一〇二）
聽蜀僧濬彈琴……（一〇二）
夜泊牛渚懷古……（一〇三）
杜甫
春望……（一〇三）
月夜……（一〇四）
春宿左省……（一〇四）
至德二載，甫自京金光門出，間道歸鳳翔。乾元初，從左拾遺移華州掾。與親故別，因出此門，有悲往事……（一〇五）
月夜憶舍弟……（一〇六）
天末懷李白……（一〇六）
奉濟驛重送嚴公四韵……（一〇七）
別房太尉墓……（一〇七）
旅夜書懷……（一〇七）
登岳陽樓……（一〇八）
王維
輞川閑居贈裴秀才迪……（一〇八）

山居秋暝……（一〇九）
歸嵩山作……（一〇九）
終南山……（一一〇）
酬張少府……（一一〇）
過香積寺……（一一〇）
送梓州李使君……（一一一）
漢江臨眺……（一一一）
終南別業……（一一二）
孟浩然
臨洞庭贈張丞相……（一一三）

目録

與諸子登峴山……（一一二）
宴梅道士山房……（一一三）
歲暮歸南山……（一一三）
過故人莊……（一一四）
秦中寄遠上人……（一一四）
宿桐廬江寄廣陵舊游……（一一五）
留別王維……（一一五）
早寒有懷……（一一五）
劉長卿
秋日登吴公臺上寺遠眺……（一一六）

送李中丞歸漢陽別業……（一一六）
餞別王十一南游……（一一七）
尋南溪常道人……（一一七）
新年作……（一一八）
錢　起
送僧歸日本……（一一八）
谷口書齋寄楊補闕……（一一九）
韋應物
淮上喜會梁州故人……（一一九）
賦得暮雨送李曹……（一一九）

韓　翃
酬程近秋夜即事見贈……（一二〇）
劉昚虛
闕題……（一二〇）
戴叔倫
江鄉故人偶集客舍……（一二一）
盧　綸
送李端……（一二一）
李　益
喜見外弟又言別……（一二二）

司空曙

雲陽館與韓紳宿別……（一二三）

喜外弟盧綸見宿……（一二三）

賊平後送人北歸……（一二三）

劉禹錫

蜀先主廟……（一二四）

張　籍

没蕃故人……（一二四）

白居易

賦得古原草送別……（一二五）

杜　牧

旅宿……（一二五）

許　渾

秋日赴闕題潼關驛樓……（一二五）

早秋……（一二六）

李商隱

蟬……（一二六）

風雨……（一二七）

落花……（一二七）

涼思……（一二七）

北青蘿……（一二八）
温庭筠
送人東游……（一二八）
馬　戴
灞上秋居……（一二九）
楚江懷古……（一二九）
張　喬
書邊事……（一二九）
崔　塗
除夜有懷……（一三〇）

孤雁……（一三〇）
杜荀鶴
春宮怨……（一三一）
韋　莊
章臺夜思……（一三一）
僧皎然
尋陸鴻漸不遇……（一三二）

卷六　七言律詩

崔　顥
黃鶴樓……（一三三）

行經華陰……（一三三）
祖　詠
望薊門……（一三四）
崔　曙
九日登望仙臺呈劉明府……（一三五）
李　頎
送魏萬之京……（一三五）
李　白
登金陵鳳凰臺……（一三六）
高　適

目録

送李少府貶峽中王少府貶長沙……（一三六）
岑　參
和賈至舍人早朝大明宮之作……（一三七）
王　維
和賈舍人早朝大明宮之作……（一三八）
春和聖製從蓬萊向與慶閣道中留春雨中春望之作應制……（一三八）
積雨輞川莊作……（一三九）
贈郭給事……（一四〇）
杜甫
蜀相……（一四〇）

客至……（一四一）
野望……（一四一）
聞官軍收河南河北……（一四二）
登高……（一四二）
登樓……（一四三）
宿府……（一四三）
閣夜……（一四四）
詠懷古迹五首……（一四四）
劉長卿
江州重別薛六柳八二員外……（一四七）

長沙過賈誼宅……（一四八）
自夏口至鸚鵡洲望岳陽寄元中丞……（一四八）
錢起
贈闕下裴舍人……（一四九）
韋應物
寄李儋元錫……（一四九）
韓翃
同題仙游觀……（一五〇）
皇甫冉
春思……（一五一）

盧 綸

晚次鄂州……（一五一）

柳宗元

登柳州城樓寄漳汀封連四州刺史……（一五二）

劉禹錫

西塞山懷古……（一五二）

元 稹

遣悲懷三首……（一五三）

白居易

自河南經亂，關内阻饑，兄弟離散，各在一處。因望月有感，聊書所懷，寄上浮梁大兄，于潛七兄，烏江十五兄，兼示符離及下邽弟妹……（一五四）

李商隱

錦瑟……（一五五）

無題……（一五六）

隋宮……（一五六）

無題二首……（一五七）

籌筆驛……（一五八）

無題……（一五八）

春雨……（一五九）

無題二首……（一五九）

温庭筠

利州南渡……（一六〇）

薛逢

蘇武廟……（一六一）

宮詞……（一六二）

秦韜玉

貧女……（一六二）

樂府

沈佺期

唐詩三百首 目録

獨不見……（一六三）

卷七　五言絶句

王維

鹿柴……（一六四）

竹裏館……（一六四）

送別……（一六五）

相思……（一六五）

雜詩……（一六五）

裴迪

送崔九……（一六六）

祖咏
終南望餘雪……（一六六）
孟浩然
宿建德江……（一六七）
春曉……（一六七）
李白
夜思……（一六七）
怨情……（一六八）
杜甫
八陣圖……（一六八）

王之渙
登鸛雀樓……（一六九）
劉長卿
送靈澈……（一六九）
彈琴……（一六九）
送上人……（一六九）
韋應物
秋夜寄丘員外……（一七〇）
李端
聽箏……（一七一）

王 建
新嫁娘三首録一 …… (一七一)
權德輿
玉臺體 …… (一七一)
柳宗元
江雪 …… (一七一)
元 稹
行宮 …… (一七二)
白居易
問劉十九 …… (一七三)

張 祜
何滿子 …… (一七三)
李商隱
登樂游原 …… (一七三)
賈 島
尋隱者不遇 …… (一七四)
李 頻
渡漢江 …… (一七四)
金昌緒
春怨 …… (一七五)

西鄙人
哥舒歌……（一七五）

樂府

崔顥
長干行二首……（一七六）
李白
玉階怨……（一七六）
盧綸
塞下曲四首……（一七七）
李益
江南曲……（一七八）

卷八 七言絕句

賀知章
回鄉偶書……（一七九）
張旭
桃花溪……（一七九）
王維
九月九日憶山東兄弟……（一八〇）
王昌齡
芙蓉樓送辛漸二首錄一……（一八〇）

閨怨……（一八〇）
春宮怨……（一八一）
王翰
涼州曲……（一八一）
李白
送孟浩然之廣陵……（一八二）
下江陵……（一八二）
岑參
逢入京使……（一八二）
杜甫

江南逢李龜年……（一八三）
韋應物
滁州西澗……（一八三）
張繼
楓橋夜泊……（一八四）
韓翃
寒食……（一八四）
劉方平
月夜……（一八四）
春怨二首録一……（一八五）

柳中庸
徵人怨……（一八五）
顧況
宮詞……（一八六）
李益
夜上受降城聞笛……（一八六）
劉禹錫
烏衣巷……（一八六）
春詞……（一八七）
白居易

宮詞……（一八七）
張祜
贈内人……（一八八）
集靈臺二首……（一八八）
題金陵渡……（一八九）
朱慶餘
宮中詞……（一八九）
近試上張水部……（一八九）
杜牧
將赴吳興登樂游原……（一九〇）

赤壁……(一九〇)
泊秦淮……(一九一)
寄揚州韓綽判官……(一九一)
遣懷……(一九一)
秋夕……(一九二)
贈別二首……(一九二)
金谷園……(一九三)
李商隱
夜雨寄北……(一九三)
寄令狐郎中……(一九四)

爲有……(一九四)
隋宮……(一九四)
瑶池……(一九五)
嫦娥……(一九五)
賈生……(一九六)
温庭筠
瑶瑟怨……(一九六)
鄭畋
馬嵬坡……(一九六)
韓偓

已涼……（一九七）
韋莊
金陵圖……（一九七）
陳陶
隴西行……（一九八）
張泌
寄人……（一九八）
無名氏
雜詩……（一九八）

樂府

王維
渭城曲……（一九九）
秋夜曲……（一九九）
王昌齡
長信怨……（二〇〇）
出塞……（二〇〇）
李白
清平調三首……（二〇〇）
王之渙
出塞……（二〇一）

杜秋娘
金縷衣……………………………………（二〇二）

題辭

世俗兒童就學，即授《千家詩》，取其易於成誦，故流傳不廢。但其詩隨手掇拾，工拙莫辨，且止五七律絶二體，而唐宋人又雜出其間，殊乖體制。因專就唐詩中膾炙人口之作，擇其尤要者，每體得數十首，共三百餘首，録成一編，爲家塾課本。俾童而習之，白首亦莫能廢，較《千家詩》不遠勝耶？諺云：『熟讀唐詩三百首，不會吟詩也會吟。』請以是編驗之。

乾隆癸未年春日蘅塘退士題

卷一　五言古詩

感遇 二首

張九齡

蘭葉春葳蕤，桂華秋皎潔。欣欣此生意，自爾爲佳節。

誰知林栖者，聞風坐相悅。草木有本心，何求美人折。

其二

江南有丹橘，經冬猶緑林。豈伊地氣暖，自有歲寒心。

可以薦嘉客，奈何阻重深。運命唯所遇，循環不可尋。

徒言樹桃李，此木豈無陰。

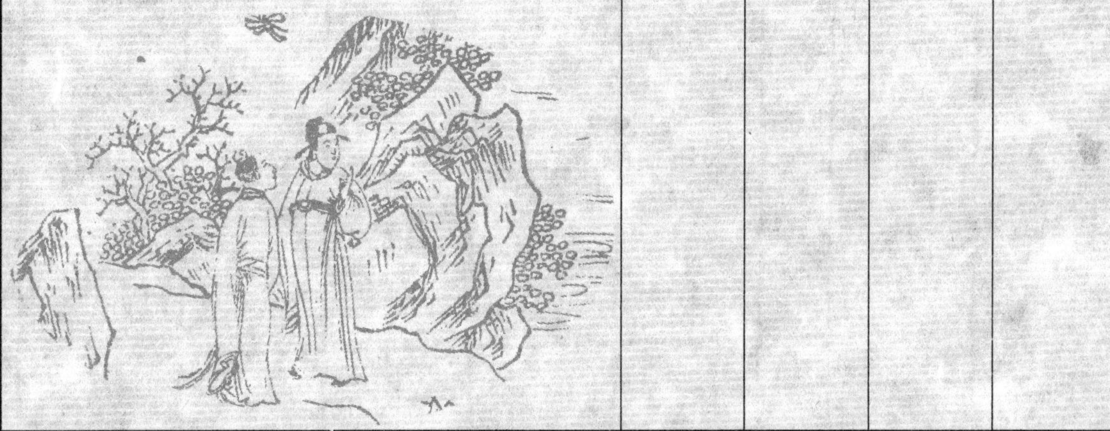

下終南山過斛斯山人宿置酒

李　白

暮從碧山下，山月隨人歸。

却顧所來徑，蒼蒼横翠微。

相携及田家，童稚開荆扉。

緑竹入幽徑，青蘿拂行衣。

歡言得所憩，美酒聊共揮。

長歌吟鬆風，曲盡河星稀。

我醉君復樂，陶然共忘機。

月下獨酌

李　白

花間一壺酒，獨酌無相親。
舉杯邀明月，對影成三人。
月既不解飲，影徒隨我身。
暫伴月將影，行樂須及春。
我歌月徘徊，我舞影零亂。
醒時同交歡，醉後各分散。
永結無情游，相期邈雲漢。

春思

李　白

燕草如碧絲，秦桑低緑枝。
當君懷歸日，是妾斷腸時。
春風不相識，何事入羅幃。

望嶽

杜　甫

岱宗夫如何，齊魯青未了。
造化鍾神秀，陰陽割昏曉。
蕩胸生層雲，决眦入歸鳥。
會當凌絶頂，一覽衆山小。

贈衛八處士

杜甫

人生不相見，動如參與商。今夕復何夕，共此燈燭光。
少壯能幾時，鬢髮各已蒼。訪舊半爲鬼，驚呼熱中腸。
焉知二十載，重上君子堂。昔別君未婚，兒女忽成行。
怡然敬父執，問我來何方。問答乃未已，兒女羅酒漿。
夜雨剪春韭，新炊間黃粱。主稱會面難，一舉累十觴。
十觴亦不醉，感子故意長。明日隔山嶽，世事兩茫茫。

佳人

杜甫

絕代有佳人，幽居在空谷。自云良家子，零落依草木。

關中昔喪亂，兄弟遭殺戮。
官高何足論，不得收骨肉。
世情惡衰歇，萬事隨轉燭。
夫婿輕薄兒，新人美如玉。
合昏尚知時，鴛鴦不獨宿。
但見新人笑，那聞舊人哭。
在山泉水清，出山泉水濁。
侍婢賣珠回，牽蘿補茅屋。
摘花不插髮，采柏動盈掬。
天寒翠袖薄，日暮倚修竹。

夢李白二首

杜甫

死別已吞聲，生別常惻惻。江南瘴癘地，逐客無消息。
故人入我夢，明我長相憶。恐非平生魂，路遠不可測。
魂來楓林青，魂返關塞黑。君今在羅網，何以有羽翼。
落月滿屋梁，猶疑照顏色。水深波浪闊，無使蛟龍得。

其二

浮雲終日行，游子久不至。三夜頻夢君，情親見君意。
告歸常局促，苦道來不易。江湖多風波，舟楫恐失墜。
出門搔白首，若負平生志。冠蓋滿京華，斯人獨憔悴。
孰云網恢恢，將老身反累。千秋萬歲名，寂寞身後事。

送綦毋潛落第還鄉

王維

聖代無隱者，英靈盡來歸。
遂令東山客，不得顧采薇。
既至金門遠，孰云吾道非？
江淮度寒食，京洛縫春衣。
置酒長安道，同心與我違。
行當浮桂棹，未幾拂荊扉。
遠樹帶行客，孤城當落暉。
吾謀適不用，勿謂知音稀。

送別

王維

下馬飲君酒，問君何所之。
君言不得意，歸臥南山陲。
但去莫復聞，白雲無盡時。

青溪

王維

言入黃花川，每逐青溪水。
隨山將萬轉，趣途無百里。
聲喧亂石中，色靜深松裏。
漾漾泛菱荇，澄澄映葭葦。

我心素已閑，清川澹如此。
請留盤石上，垂釣將已矣。

渭川田家

王維

斜陽照墟落，窮巷牛羊歸。
野老念牧童，倚杖候荊扉。
雉雊麥苗秀，蠶眠桑葉稀。
田夫荷鋤立，相見語依依。
即此羨閑逸，悵然吟式微。

西施咏

王維

艷色天下重，西施甯久微。朝爲越溪女，暮作吴宫妃。
賤日豈殊衆，貴來方悟稀。邀人傅脂粉，不自著羅衣。
君寵益嬌態，君憐無是非。當時浣紗伴，莫得同車歸。
持謝鄰家子，效顰安可希？

秋登蘭山寄張五

孟浩然

北山白雲裏，隱者自怡悦。相望始登高，心隨雁飛滅。
愁因薄暮起，興是清秋發。時見歸村人，沙行渡頭歇。
天邊樹若薺，江畔洲如月。何當載酒來，共醉重陽節。

夏日南亭懷辛大

孟浩然

山光忽西落，池月漸東上。散髮乘夕凉，開軒卧閑敞。
荷風送香氣，竹露滴清響。欲取鳴琴彈，恨無知音賞。
感此懷故人，終宵勞夢想。

宿業師山房待丁大不至

孟浩然

夕陽度西嶺，群壑倏已暝。松月生夜凉，風泉滿清聽。
樵人歸欲盡，烟鳥栖初定。之子期宿來，孤琴候蘿徑。

同從弟南齋玩月憶山陰崔少府

王昌齡

高卧南齋時，開帷月初吐。清輝淡水木，演漾在窗户。
荏苒幾盈虛，澄澄變今古。美人清江畔，是夜越吟苦。
千里共如何，微風吹蘭杜。

尋西山隱者不遇

丘爲

絶頂一茅茨，直上三十里。扣關無僮僕，窺室惟案几。
若非巾柴車，應是釣秋水。差池不相見，黽勉空仰止。
草色新雨中，鬆聲晚窗裏。及兹契幽絶，自足蕩心耳。
雖無賓主意，頗得清净理。興盡方下山，何必待之子。

春泛若耶溪

綦毋潛

幽意無斷絶，此去隨所偶。晚風吹行舟，花路入溪口。
際夜轉西壑，隔山望南鬥。潭烟飛溶溶，林月低向後。
生事且彌漫，願爲持竿叟。

宿王昌齡隱居

常建

清溪深不測，隱處惟孤雲。鬆際露微月，清光猶爲君。
茅亭宿花影，藥院滋苔紋。余亦謝時去，西山鸞鶴群。

與高適薛據登慈恩寺浮圖

岑參

塔勢如涌出，孤高聳天宮。登臨出世界，磴道盤虛空。
突兀壓神州，崢嶸如鬼工。四角礙白日，七層摩蒼穹。
下窺指高鳥，俯聽聞驚風。連山若波濤，奔走似朝東。
青槐夾馳道，宮觀何玲瓏。
秋色從西來，蒼然滿關中。
五陵北原上，萬古青濛濛。
净理了可悟，勝因夙所宗。
誓將挂冠去，覺道資無窮。

賊退示官吏并序

元結

癸卯歲，西原賊入道州，焚燒殺掠，幾盡而去。明年，賊又攻永，破邵，不犯此州邊鄙而退，豈力能制敵歟？蓋蒙其傷憐而已！諸使何爲忍苦徵斂！故作詩一篇以示官吏。

昔年逢太平，山林二十年。泉源在庭户，洞壑當門前。
井税有常期，日晏猶得眠。忽然遭世變，數歲親戎旃。
今來典斯郡，山夷又紛然。城小賊不屠，人貧傷可憐。
是以陷鄰境，此州獨見全。使臣將王命，豈不如賊焉。
今彼徵斂者，迫之如火煎。誰能絕人命，以作時世賢。
思欲委符節，引竿自刺船。將家就魚麥，歸老江湖邊。

郡齋雨中與諸文士燕集

韋應物

兵衛森畫戟，宴寢凝清香。海上風雨至，逍遥池閣凉。
煩疴近消散，嘉賓復滿堂。自慚居處崇，未睹斯民康。
理會是非遣，性達形迹忘。鮮肥屬時禁，蔬果幸見嘗。
俯飲一杯酒，仰聆金玉章。神歡體自輕，意欲凌風翔。
吴中盛文史，群彦今汪洋。方知大藩地，豈曰財賦强。

初發揚子寄元大校書

韋應物

凄凄去親愛，泛泛入烟霧。歸棹洛陽人，殘鐘廣陵樹。
今朝此爲別，何處還相遇？世事波上舟，沿洄安得住？

寄全椒山中道士

韋應物

今朝郡齋冷，忽念山中客。澗底束荆薪，歸來煮白石。
欲持一瓢酒，遠慰風雨夕。落葉滿空山，何處尋行迹。

長安遇馮著

韋應物

客從東方來，衣上灞陵雨。問客何爲來，采山因買斧。
冥冥花正開，颺颺燕新乳。昨別今已春，鬢絲生幾縷。

夕次盱眙縣

韋應物

落帆逗淮鎮，停舫臨孤驛。浩浩風起波，冥冥日沉夕。

人歸山郭暗，雁下蘆洲白。
獨夜憶秦關，聽鐘未眠客。

東郊

韋應物

吏舍跼終年，出郊曠清曙。
楊柳散和風，青山澹吾慮。
依叢適自憩，緣澗還復去。
微雨靄芳原，春鳩鳴何處。
樂幽心屢止，遵事迹猶遽。
終罷斯結廬，慕陶直可庶。

送楊氏女

韋應物

永日方戚戚，出行復悠悠。女子今有行，大江溯輕舟。
爾輩苦無恃，撫念益慈柔。幼爲長所育，兩別泣不休。
對此結中腸，義往難復留。自小闕内訓，事姑貽我憂。
賴茲托令門，任恤庶無尤。貧儉誠所尚，資從豈待周。
孝恭遵婦道，容止順其猷。別離在今晨，見爾當何秋。
居閑始自遣，臨感忽難收。歸來視幼女，零泪緣纓流。

晨詣超師院讀禪經

柳宗元

汲井漱寒齒，清心拂塵服。閑持貝葉書，步出東齋讀。

真源了無取，妄迹世所逐。
遺言冀可冥，繕性何由熟。
道人庭宇静，苔色連深竹。
日出霧露餘，青鬆如膏沐。
澹然離言説，悟悦心自足。

溪居

柳宗元

久爲簪組束，幸此南夷謫。
閑依農圃鄰，偶似山林客。
曉耕翻露草，夜榜響溪石。

卷一 五言古詩

來往不逢人，長歌楚天碧。

樂府

塞上曲

王昌齡

蟬鳴空桑林，八月蕭關道。出塞入塞寒，處處黄蘆草。
從來幽并客，皆共塵沙老。莫學游俠兒，矜誇紫騮好。

塞下曲

王昌齡

飲馬渡秋水，水寒風似刀。平沙日未没，黯黯見臨洮。
昔日長城戰，咸言意氣高。黄塵足今古，白骨亂蓬蒿。

關山月

李白

明月出天山，蒼茫雲海間。長風幾萬里，吹度玉門關。
漢下白登道，胡窺青海灣。由來徵戰地，不見有人還。
戍客望邊色，思歸多苦顏。高樓當此夜，嘆息未應閑。

子夜吴歌

李白

長安一片月，萬户擣衣聲。
秋風吹不盡，總是玉關情。
何日平胡虜，良人罷遠徵。

長干行

李白

妾髮初覆額，折花門前劇。郎騎竹馬來，繞床弄青梅。
同居長干裏，兩小無嫌猜。十四爲君婦，羞顔未嘗開。
低頭向暗壁，千喚不一回。十五始展眉，願同塵與灰。
常存抱柱信，豈上望夫臺。十六君遠行，瞿塘灧澦堆。
五月不可觸，猿鳴天上哀。門前遲行迹，一一生緑苔。
苔深不能掃，落葉秋風早。八月蝴蝶黄，雙飛西園草。
感此傷妾心，坐愁紅顔老。早晚下三巴，預將書報家。
相迎不道遠，直至長風沙。

列女操

孟郊

梧桐相待老，鴛鴦會雙死。
貞婦貴徇夫，捨生亦如此。
波瀾誓不起，妾心古井水。

游子吟

孟郊

慈母手中綫，游子身上衣。
臨行密密縫，意恐遲遲歸。
誰言寸草心，報得三春暉？

卷二　七言古詩

登幽州臺歌

陳子昂

前不見古人，後不見來者。
念天地之悠悠，獨愴然而涕下。

古意

李頎

男兒事長徵，少小幽燕客。
賭勝馬蹄下，由來輕七尺。
殺人莫敢前，鬚如猬毛磔。
黃雲隴底白雪飛，未得報恩不得歸。

遼東小婦年十五，慣彈琵琶解歌舞。
今爲羌笛出塞聲，使我三軍泪如雨。

送陳章甫

李頎

四月南風大麥黃，棗花未落桐葉長。
青山朝別暮還見，嘶馬出門思舊鄉。
陳侯立身何坦蕩，虬鬚虎眉仍大顙。
腹中貯書一萬卷，不肯低頭在草莽。
東門酤酒飲我曹，心輕萬事如鴻毛。
醉卧不知白日暮，有時空望孤雲高。

長河浪頭連天黑，津吏停舟渡不得。
鄭國游人未及家，洛陽行子空嘆息。
聞道故林相識多，罷官昨日今如何？

琴歌

李頎

主人有酒歡今夕，請奏鳴琴廣陵客。
月照城頭烏半飛，霜凄萬木風入衣。
銅爐華燭燭增輝，初彈淥水後楚妃。
一聲已動物皆静，四座無言星欲稀。
清淮奉使千餘里，敢告雲山從此始。

聽董大彈胡笳聲兼寄語弄房給事

李頎

蔡女昔造胡笳聲，一彈一十有八拍。
胡人落泪沾邊草，漢使斷腸對歸客。
古戍蒼蒼烽火寒，大荒陰沉飛雪白。
先拂商弦後角羽，四郊秋葉驚慽慽。
董夫子，通神明，深山竊聽來妖精。
言遲更速皆應手，將往復旋如有情。
空山百鳥散還合，萬里浮雲陰且晴。
嘶酸雛雁失群夜，斷絶胡兒戀母聲。
川爲静其波，鳥亦罷其鳴。

烏孫部落家鄉遠，邏娑沙塵哀怨生。
幽音變調忽飄灑，長風吹林雨墮瓦。
迸泉颯颯飛木末，野鹿呦呦走堂下。
長安城連東掖垣，鳳凰池對青瑣門。
高才脱略名與利，日夕望君抱琴至。

聽安萬善吹觱篥歌

李頎

南山截竹爲觱篥，此樂本自龜兹出。
流傳漢地曲轉奇，涼州胡人爲我吹。
傍鄰聞者多嘆息，遠客思鄉皆泪垂。

世人解聽不解賞，長飆風中自來往。
枯桑老柏寒颼飀，九雛鳴鳳亂啾啾。
龍吟虎嘯一時發，萬籟百泉相與秋。
忽然更作漁陽摻，黃雲蕭條白日暗。
變調如聞楊柳春，上林繁花照眼新。
歲夜高堂列明燭，美酒一杯聲一曲。

夜歸鹿門歌

孟浩然

山寺鐘鳴晝已昏，漁梁渡頭争渡喧。
人隨沙岸向江村，余亦乘舟歸鹿門。

鹿門月照開烟樹，忽到龐公栖隱處。
岩扉鬆徑長寂寥，惟有幽人自來去。

廬山謡寄盧侍御虚舟

李白

我本楚狂人，鳳歌笑孔丘。
手持緑玉杖，朝别黄鶴樓。
五嶽尋仙不辭遠，一生好入名山游。
廬山秀出南斗傍，屏風九叠雲錦張，
影落明湖青黛光。
金闕前開二峰長，銀河倒挂三石梁。

香爐瀑布遥相望，迴崖沓嶂凌蒼蒼。
翠影紅霞映朝日，鳥飛不到吴天長。
登高壯觀天地間，大江茫茫去不還。
黄雲萬里動風色，白波九道流雪山。
好爲廬山謡，興因廬山發。
閑窺石鏡清我心，謝公行處蒼苔没。
早服還丹無世情，琴心三疊道初成。
遥見仙人彩雲裏，手把芙蓉朝玉京。
先期汗漫九垓上，願接盧敖游太清。

夢游天姥吟留別

李白

海客談瀛洲，烟濤微茫信難求。
越人語天姥，雲霓明滅或可睹。
天姥連天向天横，勢拔五嶽掩赤城。
天臺四萬八千丈，對此欲倒東南傾。
我欲因之夢吴越，一夜飛度鏡湖月。
湖月照我影，送我至剡溪。
謝公宿處今尚在，渌水蕩漾清猿啼。
脚著謝公屐，身登青雲梯。
半壁見海日，空中聞天鷄。

千岩萬壑路不定，迷花倚石忽已暝。
熊咆龍吟殷岩泉，慄深林兮驚層巔。
雲青青兮欲雨，水澹澹兮生烟。
列缺霹靂，丘巒崩摧。
洞天石扉，訇然中開。
青冥浩蕩不見底，日月照耀金銀臺。
霓爲衣兮風爲馬，雲之君兮紛紛而來下。
虎鼓瑟兮鸞迴車，仙之人兮列如麻。
忽魂悸以魄動，怳驚起而長嗟。
惟覺時之枕席，失向來之烟霞。

世間行樂亦如此，古來萬事東流水。
別君去兮何時還？
且放白鹿青崖間，須行即騎訪名山。
安能摧眉折腰事權貴，使我不得開心顔。

金陵酒肆留別

李　白

風吹柳花滿店香，吴姬壓酒勸客嘗。
金陵子弟來相送，欲行不行各盡觴。
請君試問東流水，別意與之誰短長。

宣州謝脁樓餞別校書叔雲

李白

弃我去者，昨日之日不可留。
亂我心者，今日之日多煩憂。
長風萬里送秋雁，對此可以酣高樓。
蓬萊文章建安骨，中間小謝又清發。
俱懷逸興壯思飛，欲上青天覽明月。
抽刀斷水水更流，舉杯銷愁愁更愁。
人生在世不稱意，明朝散髮弄扁舟。

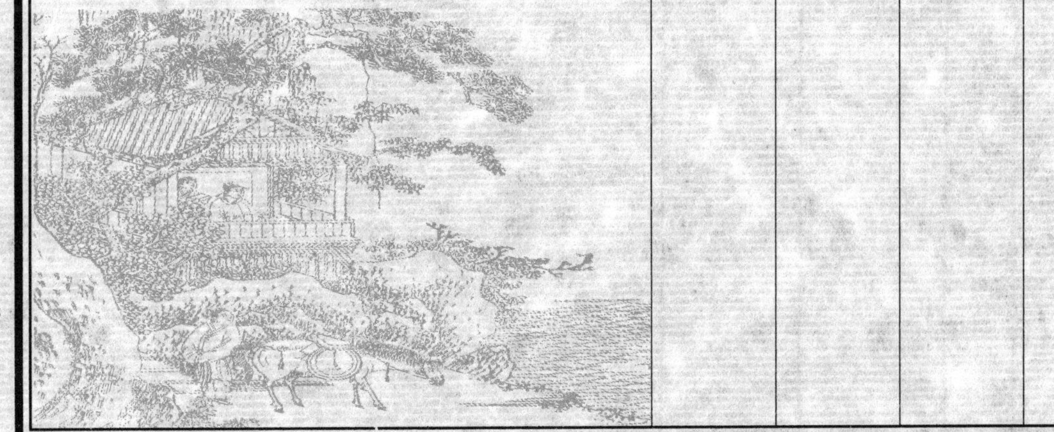

走馬川行奉送封大夫出師西徵

岑參

君不見走馬川行雪海邊，平沙莽莽黃入天。
輪臺九月風夜吼，一川碎石大如斗，隨風滿地石亂走。
匈奴草黃馬正肥，金山西見烟塵飛，漢家大將西出師。
將軍金甲夜不脱，半夜軍行戈相撥，風如刀面如割。
馬毛帶雪汗氣蒸，五花連錢旋作冰，幕中草檄硯水凝。
虜騎聞之應膽慴，料知短兵不敢接，軍師西門佇獻捷。

輪臺歌奉送封大夫出師西徵

岑參

輪臺城頭夜吹角，輪臺城北旄頭落。

羽書昨夜過渠黎，單于已在金山西。
戍樓西望烟塵黑，漢軍屯在輪臺北。
上將擁旄西出徵，平明吹笛大軍行。
四邊伐鼓雪海涌，三軍大呼陰山動。
虜塞兵氣連雲屯，戰場白骨纏草根。
劍河風急雲片闊，沙口石凍馬蹄脱。
亞相勤王甘苦辛，誓將報主静邊塵。
古來青史誰不見，今見功名勝古人。

白雪歌送武判官歸京

岑參

北風卷地白草折，胡天八月即飛雪。
忽如一夜春風來，千樹萬樹梨花開。
散入珠簾濕羅幕，狐裘不暖錦衾薄。
將軍角弓不得控，都護鐵衣冷難著。
瀚海闌干百丈冰，愁雲慘淡萬里凝。
中軍置酒飲歸客，胡琴琵琶與羌笛。
紛紛暮雪下轅門，風掣紅旗凍不翻。
輪臺東門送君去，去時雪滿天山路。
山迴路轉不見君，雪上空留馬行處。

韋諷錄事宅觀曹將軍畫馬圖

杜甫

國初以來畫鞍馬，神妙獨數江都王。
將軍得名三十載，人間又見真乘黃。
曾貌先帝照夜白，龍池十日飛霹靂。
內府殷紅馬瑙盤，婕妤傳詔才人索。
盤賜將軍拜舞歸，輕紈細綺相追飛。
貴戚權門得筆迹，始覺屏障生光輝。
昔日太宗拳毛騧，近時郭家獅子花。
今之新圖有二馬，復令識者久嘆嗟。
此皆戰騎一敵萬，縞素漠漠開風沙。

其餘七匹亦殊絕，迥若寒空動烟雪。
霜蹄蹴踏長楸間，馬官廝養森成列。
可憐九馬争神駿，顧視清高氣深穩。
借問苦心愛者誰，後有韋諷前支遁。
憶昔巡幸新豐宮，翠華拂天來向東。
騰驤磊落三萬匹，皆與此圖筋骨同。
自從獻寶朝河宗，無復射蛟江水中。
君不見金粟堆前鬆柏裏，龍媒去盡烏呼風。

丹青引贈曹霸將軍

杜　甫

將軍魏武之子孫，于今爲庶爲清門。
英雄割據雖已矣，文采風流今尚存。
學書初學衛夫人，但恨無過王右軍。
丹青不知老將至，富貴于我如浮雲。
開元之中常引見，承恩數上南薰殿。
凌烟功臣少顏色，將軍下筆開生面。
良相頭上進賢冠，猛將腰間大羽箭。
褒公鄂公毛髮動，英姿颯爽來酣戰。
先帝天馬玉花驄，畫工如山貌不同。

是日牽來赤墀下，迥立閶闔生長風。
詔謂將軍拂絹素，意匠慘澹經營中。
斯須九重真龍出，一洗萬古凡馬空。
玉花却在御榻上，榻上庭前屹相向。
至尊含笑催賜金，圉人太僕皆惆悵。
弟子韓幹早入室，亦能畫馬窮殊相。
幹惟畫肉不畫骨，忍使驊騮氣凋喪。
將軍畫善蓋有神，必逢佳士亦寫真。
即今漂泊干戈際，屢貌尋常行路人。
途窮反遭俗眼白，世上未有如公貧。

但看古來盛名下，終日坎壈纏其身。

寄韓諫議

杜甫

今我不樂思岳陽，身欲奮飛病在床。
美人娟娟隔秋水，濯足洞庭望八荒。
鴻飛冥冥日月白，青楓葉赤天雨霜。
玉京群帝集北斗，或騎麒麟翳鳳凰。
芙蓉旌旗烟霧落，影動倒景摇瀟湘。
星宫之君醉瓊漿，羽人稀少不在旁。
似聞昨者赤松子，恐是漢代韓張良。

昔隨劉氏定長安，帷幄未改神慘傷。
國家成敗吾豈敢，色難腥腐餐楓香。
周南留滯古所惜，南極老人應壽昌。
美人胡爲隔秋水，焉得置之貢玉堂。

古柏行

杜甫

孔明廟前有老柏，柯如青銅根如石。
霜皮溜雨四十圍，黛色參天二千尺。
君臣已與時際會，樹木猶爲人愛惜。
雲來氣接巫峽長，月出寒通雪山白。

憶昨路繞錦亭東，先主武侯同閟宮。
崔嵬枝干郊原古，窈窕丹青户牖空。
落落盤踞雖得地，冥冥孤高多烈風。
扶持自是神明力，正直原因造化功。
大厦如傾要梁棟，萬牛回首丘山重。
不露文章世已驚，未辭翦伐誰能送。
苦心豈免容螻蟻，香葉曾經宿鸞鳳。
志士仁人莫怨嗟，古來材大難爲用。

卷三　七言古詩

觀公孫大娘弟子舞劍器行并序

杜　甫

大曆二年十月十九日，夔府别駕元持宅，見臨潁李十二娘舞劍器，壯其蔚跂。問其所師，曰：『余公孫大娘弟子也。』開元三載，余尚童稚，記于郾城觀公孫氏舞劍器渾脱。瀏灕頓挫，獨出冠時。自高頭宜春、梨園二伎坊内人，洎外供奉，曉是舞者，聖文神武皇帝初，公孫一人而已。玉貌錦衣，况余白首！今兹弟子亦匪盛顔。既辨其由來，知波瀾莫二。撫事慷慨，聊爲《劍器行》。往者吴人張旭善草書書帖，數常于鄴縣見公孫大娘舞西河劍器，自此草書長進，豪蕩感激，即公孫可知矣！

昔有佳人公孫氏，一舞劍器動四方。
觀者如山色沮喪，天地爲之久低昂。
㸌如羿射九日落，矯如群帝驂龍翔。
來如雷霆收震怒，罷如江海凝清光。
絳脣珠袖兩寂寞，晚有弟子傳芬芳。
臨潁美人在白帝，妙舞此曲神揚揚。
與余問答既有以，感時撫事增惋傷。
先帝侍女八千人，公孫劍器初第一。
五十年間似反掌，風塵澒洞昏王室。
梨園子弟散如烟，女樂餘姿映寒日。

金粟堆前木已拱，瞿塘石城草蕭瑟。
玳弦急管曲復終，樂極哀來月東出。
老夫不知其所往，足繭荒山轉愁疾。

石魚湖上醉歌 并序

元結

漫叟以公田米釀酒，因休暇，則載酒於湖上，時取一醉；歡醉中，據湖岸引臂向魚取酒，使舫載之，遍飲坐者。意疑倚巴丘，酌于君山之上，諸子環洞庭而坐，酒舫泛泛然，觸波濤而往來者，乃作歌以長之。

石魚湖，似洞庭，夏水欲滿君山青。
山爲樽，水爲沼，酒徒歷歷坐洲島。

長風連日作大浪，不能廢人運酒舫。
我持長瓢坐巴丘，酌飲四座以散愁。

山石

韓愈

山石犖確行徑微，黃昏到寺蝙蝠飛。
升堂坐階新雨足，芭蕉葉大梔子肥。
僧言古壁佛畫好，以火來照所見稀。
鋪床拂席置羹飯，疏糲亦足飽我飢。
夜深靜臥百蟲絶，清月出嶺光入扉。
天明獨去無道路，出入高下窮烟霏。

山紅澗碧紛爛漫，時見鬆櫪皆十圍。
當流赤足踏澗石，水聲激激風生衣。
人生如此自可樂，豈必侷促爲人鞿。
嗟哉吾黨二三子，安得至老不更歸。

八月十五夜贈張功曹

韓愈

纖雲四卷天無河，清風吹空月舒波。
沙平水息聲影絶，一杯相屬君當歌。
君歌聲酸辭正苦，不能聽終泪如雨。
洞庭連天九疑高，蛟龍出没猩鼯號。

十生九死到官所，幽居默默如藏逃。
下床畏蛇食畏藥，海氣濕蟄熏腥臊。
昨者州前搥大鼓，嗣皇繼聖登夔皋。
赦書一日行千里，罪從大辟皆除死。
遷者追迴流者還，滌瑕蕩垢清朝班。
州家申名使家抑，坎軻祇得移荆蠻。
判司卑官不堪說，未免捶楚塵埃間。
同時輩流多上道，天路幽險難追攀。
君歌且休聽我歌，我歌今與君殊科。
一年明月今宵多，人生由命非由他。

有酒不飲奈明何。

謁衡嶽廟遂宿嶽寺題門樓

韓愈

五嶽祭秩皆三公，四方環鎮嵩當中。
火維地荒足妖怪，天假神柄專其雄。
噴雲泄霧藏半腹，雖有絕頂誰能窮。
我來正逢秋雨節，陰氣晦昧無清風。
潛心默禱若有應，豈非正直能感通。
須臾靜掃衆峰出，仰見突兀撑青空。
紫蓋連延接天柱，石廩騰擲堆祝融。

森然魄動下馬拜，鬆柏一逕趨靈宮。
粉墻丹柱動光彩，鬼物圖畫填青紅。
升階傴僂薦脯酒，欲以菲薄明其衷。
廟令老人識神意，睢盱偵伺能鞠躬。
手持杯珓導我擲，云此最吉餘難同。
竄逐蠻荒幸不死，衣食才足甘長終。
侯王將相望久絶，神縱欲福難爲功。
夜投佛寺上高閣，星月掩映雲曈曨。
猿鳴鐘動不知曙，杲杲寒日生于東。

石鼓歌

韓　愈

張生手持石鼓文，勸我試作石鼓歌。
少陵無人謫仙死，才薄將奈石鼓何。
周綱陵遲四海沸，宣王憤起揮天戈。
大開明堂受朝賀，諸侯劍佩鳴相磨。
搜于岐陽騁雄俊，萬里禽獸皆遮羅。
鐫功勒成告萬世，鑿石作鼓隳嵯峨。
從臣才藝咸第一，揀選撰刻留山阿。
雨淋日炙野火燎，鬼物守護煩撝呵。
公從何處得紙本，毫髮盡備無差訛。

辭嚴義密讀難曉，字體不類隸與蝌。
年深豈免有缺畫，快劍斫斷生蛟鼉。
鸞翔鳳翥衆仙下，珊瑚碧樹交枝柯。
金繩鐵索鎖鈕壯，古鼎躍水龍騰梭。
陋儒編詩不收入，二雅褊迫無委蛇。
孔子西行不到秦，掎摭星宿遺羲娥。
嗟余好古生苦晚，對此涕淚雙滂沱。
憶昔初蒙博士徵，其年始改稱元和。
故人從軍在右輔，爲我度量掘臼科。
濯冠沐浴告祭酒，如此至寶存豈多。

氈包席裹可立致，十鼓祇載數駱駝。
薦諸太廟比郜鼎，光價豈止百倍過？
聖恩若許留太學，諸生講解得切磋。
觀經鴻都尚填咽，坐見舉國來奔波。
剜苔剔蘚露節角，安置妥帖平不頗。
大廈深檐與蓋覆，經歷久遠期無佗。
中朝大官老于事，詎肯感激徒媕婀。
牧童敲火牛礪角，誰復著手爲摩挲。
日銷月鑠就埋沒，六年西顧空吟哦。
羲之俗書趁姿媚，數紙尚可博白鵝。

繼周八代爭戰罷，無人收拾理則那。
方今太平日無事，柄任儒術崇丘軻。
安能以此上論列，願借辯口如懸河。
石鼓之歌止于此，嗚呼吾意其蹉跎。

漁翁

柳宗元

漁翁夜傍西岩宿，曉汲清湘燃楚竹。
烟銷日出不見人，欸乃一聲山水綠。
回看天際下中流，岩上無心雲相逐。

長恨歌

白居易

漢皇重色思傾國，御宇多年求不得。
楊家有女初長成，養在深閨人未識。
天生麗質難自弃，一朝選在君王側。
回眸一笑百媚生，六宮粉黛無顏色。
春寒賜浴華清池，温泉水滑洗凝脂。
侍兒扶起嬌無力，始是新承恩澤時。
雲鬢花顏金步搖，芙蓉帳暖度春宵。
春宵苦短日高起，從此君王不早朝。
承歡侍宴無閑暇，春從春游夜專夜。

後宮佳麗三千人，三千寵愛在一身。
金屋妝成嬌侍夜，玉樓宴罷醉和春。
姊妹弟兄皆列土，可憐光彩生門户。
遂令天下父母心，不重生男重生女。
驪宮高處入青雲，仙樂風飄處處聞。
緩歌謾舞凝絲竹，盡日君王看不足。
漁陽鼙鼓動地來，驚破霓裳羽衣曲。
九重城闕烟塵生，千乘萬騎西南行。
翠華摇摇行復止，西出都門百餘里。
六軍不發無奈何，宛轉蛾眉馬前死。

花鈿委地無人收，翠翹金雀玉搔頭。
君王掩面救不得，回看血泪相和流。
黄埃散漫風蕭索，雲棧縈紆登劍閣。
峨嵋山下少人行，旌旗無光日色薄。
蜀江水碧蜀山青，聖主朝朝暮暮情。
行宫見月傷心色，夜雨聞鈴腸斷聲。
天旋地轉迴龍馭，到此躊躇不能去。
馬嵬坡下泥土中，不見玉顔空死處。
君臣相顧盡沾衣，東望都門信馬歸。
歸來池苑皆依舊，太液芙蓉未央柳。

芙蓉如面柳如眉，對此如何不泪垂。
春風桃李花開日，秋雨梧桐葉落時。
西宮南内多秋草，落葉滿階紅不掃。
梨園子弟白髮新，椒房阿監青娥老。
夕殿螢飛思悄然，孤燈挑盡未成眠。
遲遲鐘鼓初長夜，耿耿星河欲曙天。
鴛鴦瓦冷霜華重，翡翠衾寒誰與共。
悠悠生死别經年，魂魄不曾來入夢。
臨邛道士鴻都客，能以精誠致魂魄。
爲感君王輾轉思，遂教方士殷勤覓。

排空馭氣奔如電，升天入地求之遍。
上窮碧落下黃泉，兩處茫茫皆不見。
忽聞海上有仙山，山在虛無縹緲間。
樓閣玲瓏五雲起，其中綽約多仙子。
中有一人字太真，雪膚花貌參差是。
金闕西廂叩玉扃，轉教小玉報雙成。
聞道漢家天子使，九華帳裏夢魂驚。
攬衣推枕起徘徊，珠箔銀屏迤邐開。
雲鬢半偏新睡覺，花冠不整下堂來。
風吹仙袂飄飄舉，猶似霓裳羽衣舞。

玉容寂寞泪闌干，梨花一枝春帶雨。
含情凝睇謝君王，一别音容兩渺茫。
昭陽殿裏恩愛絶，蓬萊宫中日月長。
回頭下望人寰處，不見長安見塵霧。
惟將舊物表深情，鈿合金釵寄將去。
釵留一股合一扇，釵擘黄金合分鈿。
但教心似金鈿堅，天上人間會相見。
臨别殷勤重寄詞，詞中有誓兩心知。
七月七日長生殿，夜半無人私語時。
在天願作比翼鳥，在地願爲連理枝。

天長地久有時盡，此恨綿綿無絶期。

琵琶行并序

白居易

元和十年，予左遷九江郡司馬。明年秋，送客湓浦口，聞舟中夜彈琵琶者，聽其音，錚錚然有京都聲；問其人，本長安倡女，嘗學琵琶于穆、曹二善才。年長色衰，委身爲賈人婦。遂命酒，使快彈數曲，曲罷憫然。自敘少小時歡樂事，今漂淪憔悴，轉徙于江湖間。予出官二年，恬然自安，感斯人言，是夕始覺有遷謫意，因爲長歌以贈之，凡六百一十二言，命曰《琵琶行》。

潯陽江頭夜送客，楓葉荻花秋瑟瑟。

主人下馬客在船，舉酒欲飲無管弦。
醉不成歡慘將别，别時茫茫江浸月。
忽聞水上琵琶聲，主人忘歸客不發。
尋聲暗問彈者誰，琵琶聲停欲語遲。
移船相近邀相見，添酒迴燈重開宴。
千呼萬喚始出來，猶抱琵琶半遮面。
轉軸撥弦三兩聲，未成曲調先有情。
弦弦掩抑聲聲思，似訴平生不得志。
低眉信手續續彈，説盡心中無限事。
輕攏慢撚抹復挑，初爲霓裳後六幺。

卷三　七言古詩

大弦嘈嘈如急雨，小弦切切如私語。
嘈嘈切切錯雜彈，大珠小珠落玉盤。
間關鶯語花底滑，幽咽流泉水下灘。
水泉冷澀弦凝絶，凝絶不通聲漸歇。
别有幽愁暗恨生，此時無聲勝有聲。
銀瓶乍破水漿迸，鐵騎突出刀槍鳴。
曲終收撥當心畫，四弦一聲如裂帛。
東船西舫悄無言，唯見江心秋月白。
沉吟放撥插弦中，整頓衣裳起斂容。
自言本是京城女，家在蝦蟆陵下住。

十三學得琵琶成，名屬教坊第一部。
曲罷常教善才服，妝成每被秋娘妒。
五陵年少争纏頭，一曲紅綃不知數。
鈿頭銀篦擊節碎，血色羅裙翻酒污。
今年歡笑復明年，秋月春風等閑度。
弟走從軍阿姨死，暮去朝來顏色故。
門前冷落車馬稀，老大嫁作商人婦。
商人重利輕别離，前月浮梁買茶去。
去來江口守空船，繞船月明江水寒。
夜深忽夢少年事，夢啼妝泪紅闌干。

我聞琵琶已嘆息，又聞此語重唧唧。
同是天涯淪落人，相逢何必曾相識。
我從去年辭帝京，謫居卧病潯陽城。
潯陽地僻無音樂，終歲不聞絲竹聲。
住近湓城地低濕，黄蘆苦竹繞宅生。
其間旦暮聞何物，杜鵑啼血猿哀鳴。
春江花朝秋月夜，往往取酒還獨傾。
豈無山歌與村笛，嘔啞嘲哳難爲聽。
今夜聞君琵琶語，如聽仙樂耳暫明。
莫辭更坐彈一曲，爲君翻作琵琶行。

感我此言良久立，却坐促弦弦轉急。
凄凄不似向前聲，滿座重聞皆掩泣。
座中泣下誰最多，江州司馬青衫濕。

韓碑

李商隱

元和天子神武姿，彼何人哉軒與羲。
誓將上雪列聖恥，坐法宮中朝四夷。
淮西有賊五十載，封狼生貙貙生羆。
不據山河據平地，長戈利矛日可麾。
帝得聖相相曰度，賊斫不死神扶持。

腰懸相印作都統，陰風慘澹天王旗。
愬武古通作牙爪，儀曹外郎載筆隨。
行軍司馬智且勇，十四萬衆猶虎貔。
入蔡縛賊獻太廟，功無與讓恩不訾。
帝曰汝度功第一，汝從事愈宜爲辭。
愈拜稽首蹈且舞，金石刻畫臣能爲。
古者世稱大手筆，此事不繫于職司。
當仁自古有不讓，言訖屢頷天子頤。
公退齋戒坐小閣，濡染大筆何淋漓。
點竄堯典舜典字，塗改清廟生民詩。

文成破體書在紙，清晨再拜鋪丹墀。
表曰臣愈昧死上，咏神聖功書之碑。
碑高三丈字如斗，負以靈鰲蟠以螭。
句奇語重喻者少，讒之天子言其私。
長繩百尺拽碑倒，粗沙大石相磨治。
公之斯文若元氣，先時已入人肝脾。
湯盤孔鼎有述作，今無其器存其辭。
嗚呼聖王及聖相，相與煊赫流淳熙。
公之斯文不示後，曷與三五相攀追。
願書萬本誦萬遍，口角流沫右手胝。

傳之七十有二代，以爲封禪玉檢明堂基。